Werner Zganiacz 1987

WERNER ZGANIACZ

über :

Geld · Golf und andere Lustbarkeiten

Vorwort: Gert Haucke
Texte: Werner Zganiacz
Nachwort: Heiner Flaig

Vorwort

Ich fühle mich sehr geehrt. Der überaus liebenswerte Werner Zganiacz hat mich gebeten, seinem, dem vorliegenden Buch, etwas vorzuhängen. Und weil es nichts Nachteiliges sein soll, bat er mich um ein Vorwort.

Vorwörter rühmen, was sonst. Ich bin in der Klemme: ich möchte nicht versagen,was billig ist. Andrerseits, der stumme und elegante Fanatismus der Golfer-Society ist mir ebenso erstaunlich fremd, wie der lärmende und randalierende Fußballer. No sports heißt meine Devise, und ich hoffe, damit mein überfrachtetes Gestell noch eine Weile in den Scharnieren zu halten. Jedenfalls bin ich inkompetent in Sachen Golf, bewundere aber die Noblesse des Werner Zganiacz, mit der er den Kakao, durch den er sich und seine – wie sagt man da – Sportskameraden doch nicht? – zieht, genüßlich ausschlürft.

Die Parabeln, Fabeln und Glossen dieses Buches mag ich sehr. Nicht nur, weil ich mir einbilde, sie zu verstehen, sondern weil sie von der Verletzlichkeit des Autors sprechen, die er direkt nicht äußern mag. Und von seinem Gerechtigkeitsempfinden. Sowas ist rar heutzutage. Ein illustrer Zeichner? Sowieso, klar, weiß man doch. Ich halte ihn darüber hinaus für den besten Mops-Zeichner der Welt. Und von Möpsen verstehe ich mindestens soviel wie Zganaicz vom Golf und vom Teufel in der Neuen Heimat.
Mopszeichner aller Länder: Strömt herbei, ehrt Euren Meister!

Gert Haucke

Demo 1985

Als der liebe Gott nach sechs arbeitsreichen Schöpfungstagen ansah, was er erschaffen hatte, war alles gut.

Er legte einen freien Tag ein. Dann beschloß er voller Optimismus in der darauffolgenden Woche, es war an einem Dienstag, noch etwas für die Kunst zu tun.

Er schuf mich, den Zeichner Werner Zganiacz.

Als ich auf der Bildfläche erschienen war, legte ich mir sogleich eine Familie zu. Von dieser wurde ich nicht einen Tag lang ernst genommen. Großzügig gibt sie mir das Gefühl, daß es auf mich ankommt. Manchmal versuche ich zu protestieren. Meine Familie nennt das »demonstrieren«, und dann bezeichnet sie mich wohlwollend als einfältig. Vielen von uns sind schon Äpfel auf den Kopf gefallen.

Newton soll nach oben geschaut haben. Indem er sich die Stelle rieb, auf die der Apfel gefallen war, fiel ihm sogleich das Gesetz der Schwerkraft ein.

Meine Familie erwartet mindestens Ähnliches von mir, obwohl sie meiner Intelligenz argwöhnisch gegenübersteht.

Ich halte mich für normal, mitunter klug, in gewissen Dingen dagegen von Gott geschlagen und mit einem Brett vor dem Kopf.

Natürlich habe ich eine Meinung über die Kunst, meistens die richtige. Eine falsche ist mir mit keinem Mittel aus dem Kopf zu treiben. Zum Beispiel meine Vorliebe für Mopszeichnungen. Dabei halte ich es nur mit berühmten Kollegen. Der eine zeichnet sich dauernd selbst, wenn ihm nichts einfällt – und das ist oft der Fall – ich zeichne Möpse.

Wenn ich eine Kunstzeitschrift lese, schimpfe ich furchtbar und glaube doch jedes Wort, was drin steht.

Als Autodidakt lebe ich am Rande der Kunst. Das Buchstabieren meines Namens unterstreicht diese Randlage.

.Demo 1985.

Wie gehabt, Igel vor Hase

Am Rande der Geschäftswelt, da wo Rentabilität und Liquidität ein Schattendasein führen, da sind die Galerien angesiedelt. Galeristen sind meistens Galeristinnen. Diese sind selten flüssig, aber immer eine Stütze ihres Ehemannes, dem sie dabei helfen, Steuern zu sparen. Galeristinnen haben oft unglaubliche Kunstkenntnisse. Von Geschäften verstehen sie wenig.

Galeriebesucher werden immer stürmisch und intensiv begrüßt und beküßt. Das Wesentliche dieser Begegnungen, nämlich der Verkauf von Bildern, wird ängstlich umgangen. Es gilt der Grundsatz, daß das Verkaufen von Kunst scheinbar zum Privatvergnügen geschieht. Man hat es nicht nötig und wenn doch, darf es nicht gezeigt werden, eine Mischung, die kein Betrieb lange aushält.

Besonders auf Vernissagen wartet man ab. Man gibt sich wattiert, geniert, gebildet, mondän. Die Kleidung ist schwirrend modisch. Die Röcke sind durchweg lang, besonders unten, und fraulich, besonders hinten. Die Eingeladenen hört man über andere Eingeladene sagen: »Ein bißchen viel eingeladen ist der, wie macht der das bloß?« Man gibt sich leutselig und finanzkräftigen Besuchern wird heftig zugenickt.

Und wenn sie dann anfangen zu plaudern, so richtig klug, daß es einen graust, dann fühle ich mich immer wie im Märchen mit dem Hasen und dem Igel. Wieso?

Weil ich erlebe, wie die Besucher besorgt über ihre eigene Verdauung reden, sowie über die ihrer Mitmenschen.

Sie stehen mit dem Rücken zu den Bildern, schrammen an den Rahmen längs und sind alle Sieger. Das ermuntert ungemein. Und es tröstet, wenn endlich ein »Interessierter« mitteilt, daß er eigentlich auch Künstler werden wollte. Leider habe Vater ihn gezwungen, in Fetten, Ölen, Filzen machen zu müssen. Jetzt male er nur in der Freizeit. Und wenn dann alle so richtig »igeln«, fühle ich mich endgültig als Hase.

Egal, ob viel, wenig oder gar nichts verkauft worden ist, ich bin immer der Hase.

Verkaufe ich viel, muß ich viel ersetzen, ein großer Kraftakt. Verkaufe ich wenig, lag es nie an der Galerie, und abends gibt es wieder nur Spaghetti ohne Beilagen.

Manchmal gibt es auch Sternstunden. Wenn das Mitschwingen der Seele wahrgenommen wurde, wenn ein Hauch lang der Richtige das richtige Bild, sein Bild entdeckt, wenn es die Liebe auf den ersten Blick ist, wenn die Sinneseindrücke das Gemüt erreichen, wenn der Galerist zum Freund wird, dann fühle auch ich mich als Igel.

Wie gehabt
Already seen

Mein Börsenfrosch

Geraume Zeit versuchte ich, Geld an der Börse zu machen. Aber zu mir kam kein Geld – zu mir nicht.

Dabei ist Geld himmlische Gnade, Barmherzigkeit, Manna, Segen.

Der wird nicht so leicht ausgeteilt.

Also, es mußte ein Frosch her, nicht für Wettervorhersagen, nein, ich wollte ihn als Börsenbarometer benutzen.

Ich steckte ihn in ein Einweckglas. Kaum hatte ich den Deckel geschlossen, auf daß er mir nicht entweichen sollte, hörte ich ihn im Glase beten: »Lieber Gott, schütze uns Frösche vor falschen, langfristigen Prognosen. Solltest Du das nicht tun, bewahre wenigstens den Zeichner Zganiacz davor, auf mich zu hören.«

Da ließ ich ihn hüpfen.

· Mein Börsenfrosch ·

· Die nächsten Jahre bleiben fett ·

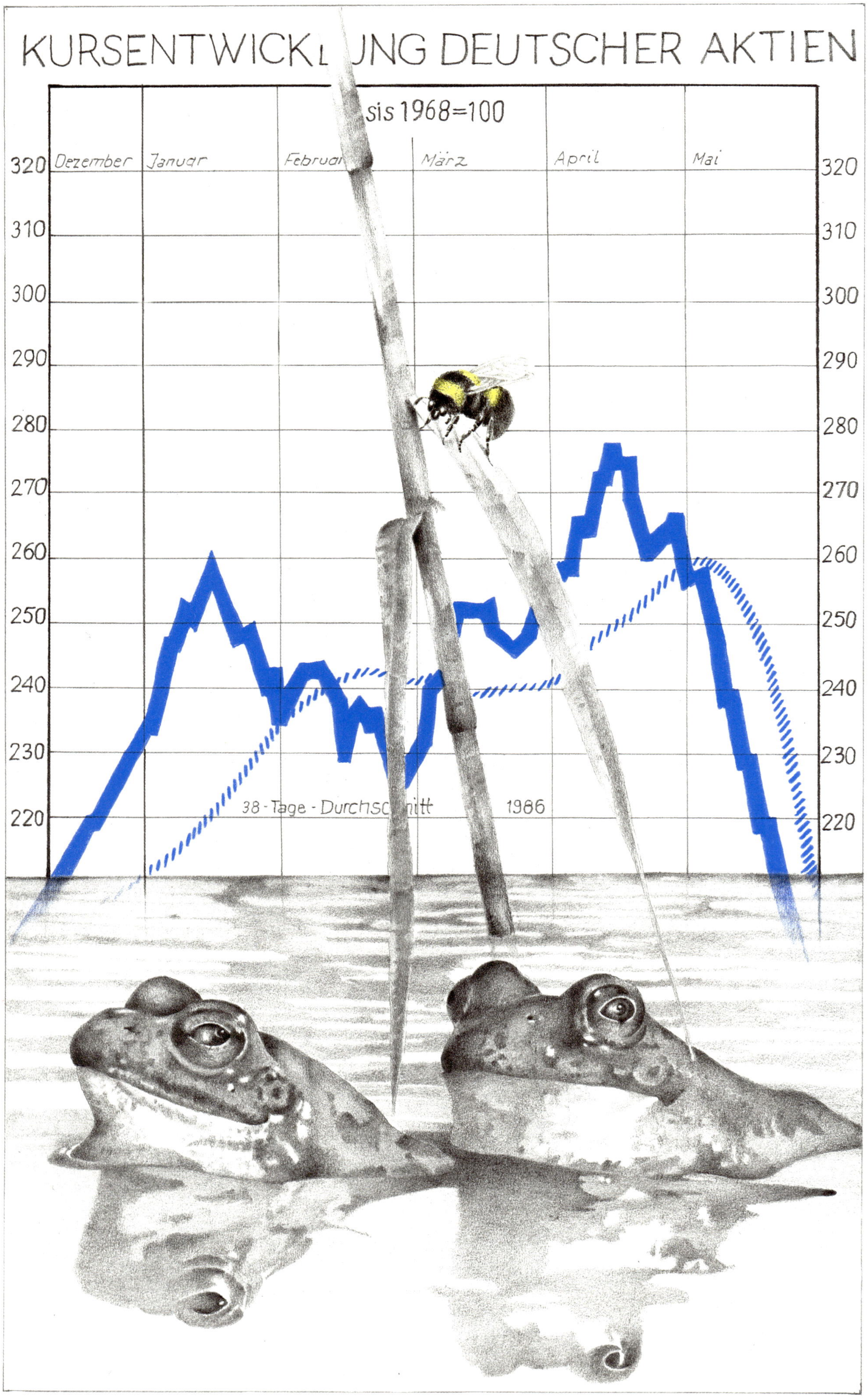

· Im Vertrauen,
die Börse geht baden ·

· Im Vertrauen,
die Börse bleibt fest ·

Meine Freunde und ihr Geld

Was der liebe Gott vom Geld hält, kann man an den Leuten sehen, denen er es gibt.

Von meinen Freunden muß er 'ne Menge halten. Sie alle sind reichlich damit gesegnet und nicht nur das, sie müssen außerdem auch noch intelligent sein, denn Eckhardt, der reichste meiner Freunde, sagt immer: »Geld ist ein Zeichen von Intelligenz.«

Herbert ist Realist. Sein Wahlspruch lautet: »Das einzige, was man ohne Geld machen kann, sind Schulden.«

Helwig hat eine zarte Seele. Treuherzig und mit erstickender Stimme sagt er: »Mit Geld weint es sich leichter.«

Rolli stützt diese Ansicht und folgert: »Geld ist Knete, weil Du jeden damit weich bekommst.«

Rainer behauptet: »Geldgeschenke sind phantasielos, besonders kleine.

Pino denkt anders, vor allem praktisch. Sein Motto: »Ein Mann mit zwanzig Millionen kann genau so glücklich sein, wie ein Mann mit einundzwanzig Millionen.«

In unserer Runde ist aber auch ein Moralist. Ditmar weiß, daß die Liebe zum Geld die eine Hälfte der Übel in dieser Welt erzeugt, Mangel an Geld die andere.«

Mit einem strahlenden Lächeln auf dem Gesicht, gilt für Fritze: »Geld macht schön!«

Nic bleibt da cool. Ganz Hanseat, notiert er: »Geld, igitt, nichts anderes als die Kreditkarte des kleinen Mannes.«

Für Kai steht fest: »Der Geist denkt, das Geld lenkt.«

Wilhelm hat nur drei Dinge im Kopf, Geld, Golf und andere Lustbarkeiten.

Kompromißlos diagnostiziert Wolfgang: »Dem Geld darf man nicht nachlaufen, man muß ihm entgegengehen.«

Und alle zusammen sind sich einig über mich. Ihr Urteil lautet: »Wer Zeit und kein Geld hat, den zieht es irgendwann zur Kunst.« Ich mache mir wirklich nichts aus Geld, es sei denn, ich habe keines. Ein paar Freunde habe ich, die kein Geld haben, aber die reden auch nur vom Geld.

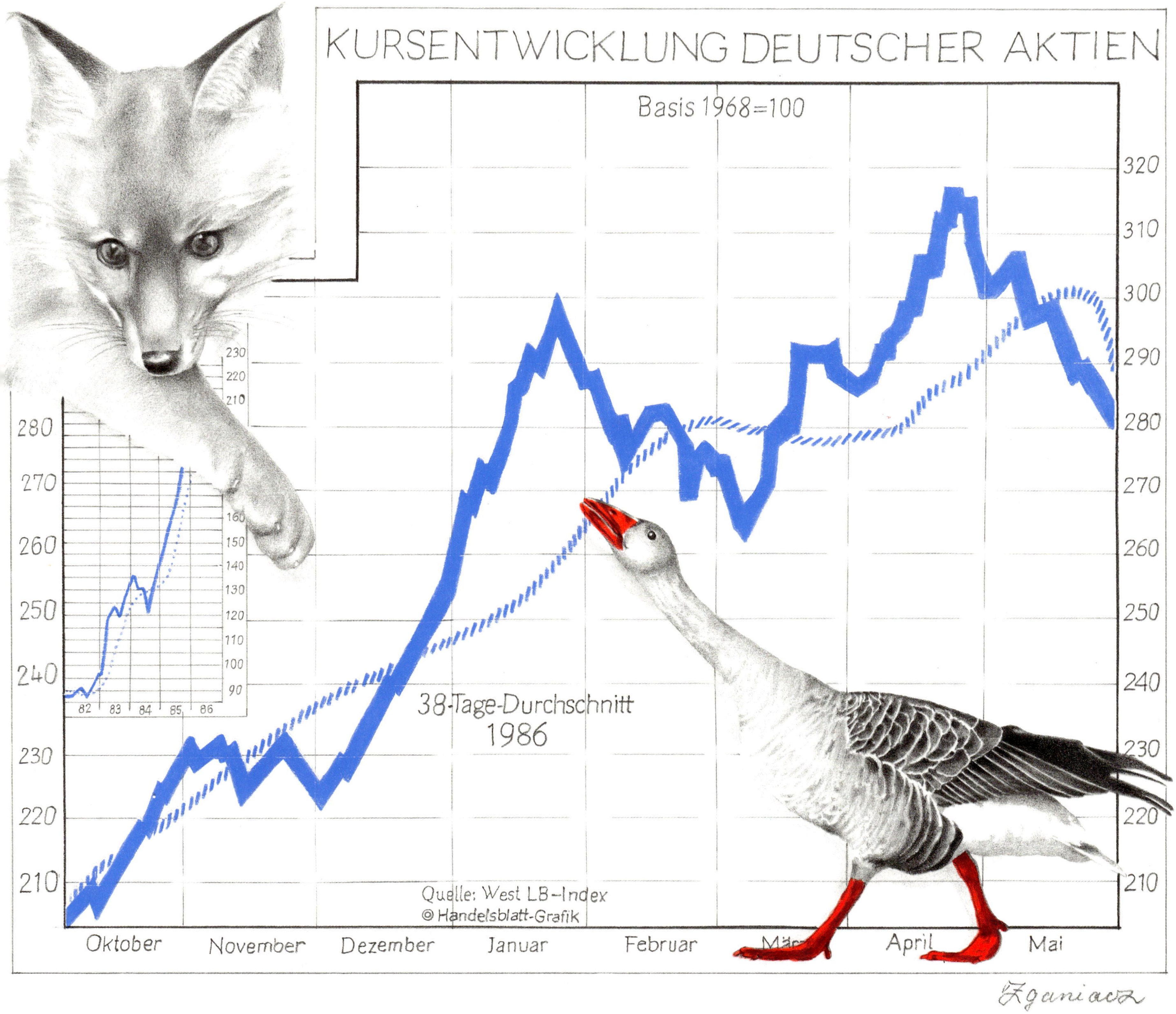

· Ratschläge von Freunden ·

US-Dollar schwach

Ich habe eine Galeristin, die sitzt in New York. Manchmal schickt sie mir einen Scheck. Meistens ärgere ich mich dann, nur selten kommt Freude auf, jedenfalls in jüngerer Zeit.

Der Scheck ist in Dollars ausgestellt.

Gerne würde ich verstehen, wieso die Amerikaner so tun, als ob der Dollar gar nicht ihre Währung wäre, so sehr lassen sie ihn schwanken. Aber vielleicht ist gerade das Schwanken für Amerika besonders vorteilhaft. Denn, wenn der Dollar als Leitwährung der Erde sehr stark ist, erzielen die Amerikaner von ihren Schuldnern aus aller Welt höhere Zinseinnahmen. Außerdem bekommen sie ihre Auslandsreisen fast geschenkt und können Kunst, Fabriken oder Eigentumswohnungen bei uns billig kaufen.

Wenn der Dollar schwach ist, bekommt die ausländische Konkurrenz Bauchschmerzen, weil sie in Amerika viel Ware gegen wenig Geld eintauschen muß, die Amerikaner hingegen können die Preise ihrer Waren sogar senken und bleiben trotzdem konkurrenzlos billig.

Aber Welthandel muß sein, und ich glaube, daß die Dollarschwankungen nicht vom Markt verursacht werden.

Je nachdem, wie es für Amerika am besten ist, lassen sie den Dollar teurer oder billiger werden.

Hoffentlich ist es für die Amerikaner bald wieder günstiger, daß der Dollar teuer gehandelt wird, am besten so um 5 D-Mark pro Stück. Das täte mir auch sehr gut, und hoffentlich kommt dann auch wieder ein Scheck.

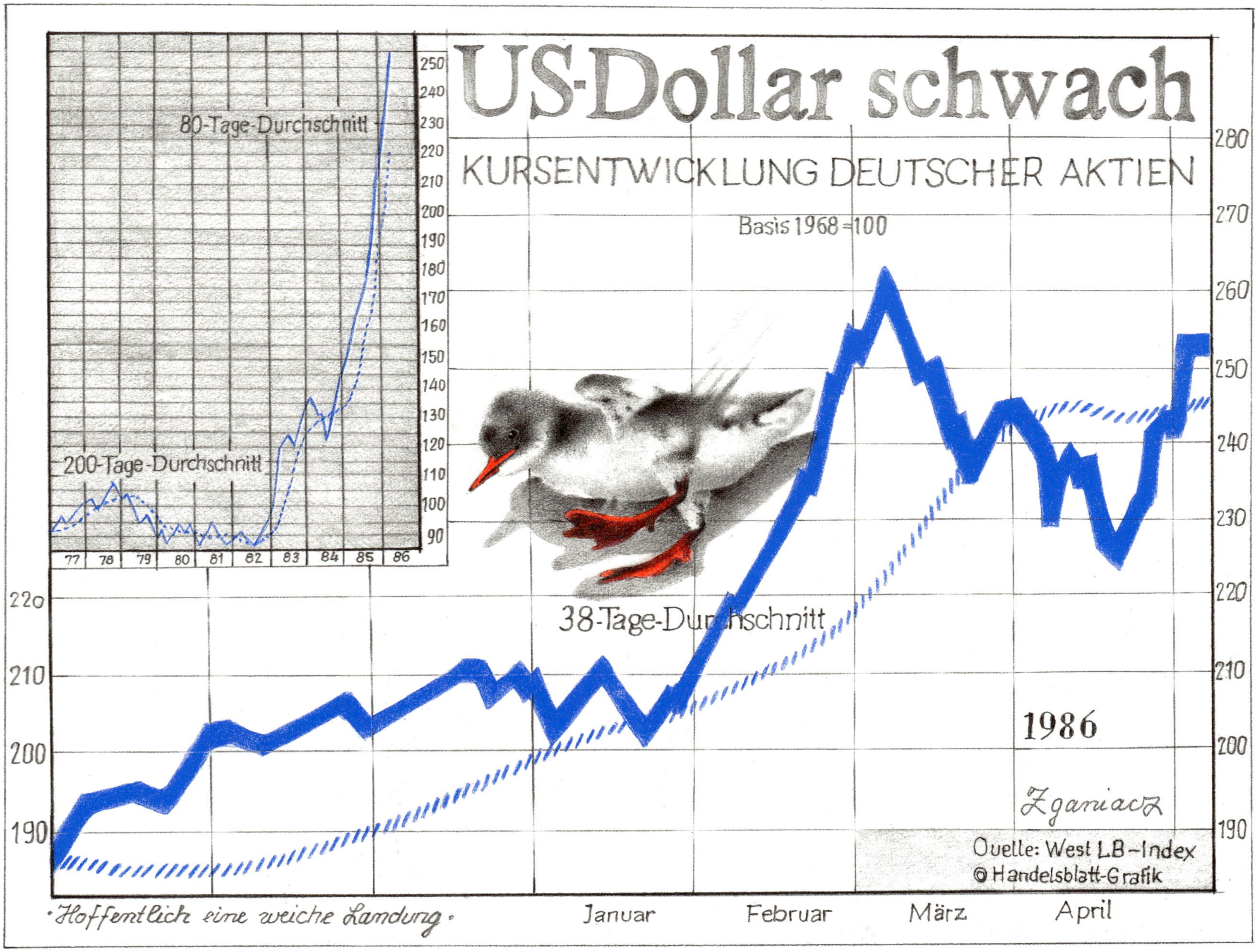

US-Dollar schwach
KURSENTWICKLUNG DEUTSCHER AKTIEN
Basis 1968 = 100
80-Tage-Durchschnitt
200-Tage-Durchschnitt
77 78 79 80 81 82 83 84 85 86
250 240 230 220 210 200 190 180 170 160 150 140 130 120 110 100 90
38-Tage-Durchschnitt
1986
Zganiacz
Quelle: West LB-Index
© Handelsblatt-Grafik
280 270 260 250 240 230 220 210 200 190
220 210 200 190
·Hoffentlich eine weiche Landung·
Januar
Februar
März
April

· Aktionärshauptversammlungen ·

Zeitzeichen am Strand

Als ich das letzte Mal am Strand von Sylt war, entdeckte ich die Ärschlis.

Normalerweise liegt ein Ärschli am Strand da, und sieht aus. Er ist stärker nach außen als nach innen gewölbt, seine Hälften sind fast gleich groß und werden von der Sonne beschienen.

Er ist dort, wo der Rücken aufhört und die Beine anfangen.

Kurz, er liegt dazwischen.

Dieser Zwischenraum kann groß oder klein, knackig oder schlaff, glatt oder runzlig ausgefallen sein.

Er hat viele Namen: Gesäß, Hintern, Popo, Po oder eben Ärschli. Er kommt häufig vor, im Bett, in Behörden, auf der Straße, in der Familie, am häufigsten auf dem Golfplatz; am Strand fast so häufig wie der Sand am Meer.

Hier entfaltet er typische Eigenschaften, je nach Nationalität seines Trägers.

Amerikanische werden dauernd desinfiziert, bevor sie leise in den Sand blasen.

Deutsche kneifen gerne die Backen zusammen.

Italienische sind arrogant und glänzen.

Französische sind die weichen Strände von Deauville gewöhnt und deshalb welk.

Englische tönen etwas lauter, denn es werden Wetten darauf abgeschlossen.

Aber alle liegen am Strand im Wettkampf um die Meisterschaft in Braun.

Sylter Strandärschlis setzen eben Zeichen: Zeitzeichen!

· The forgotten ·

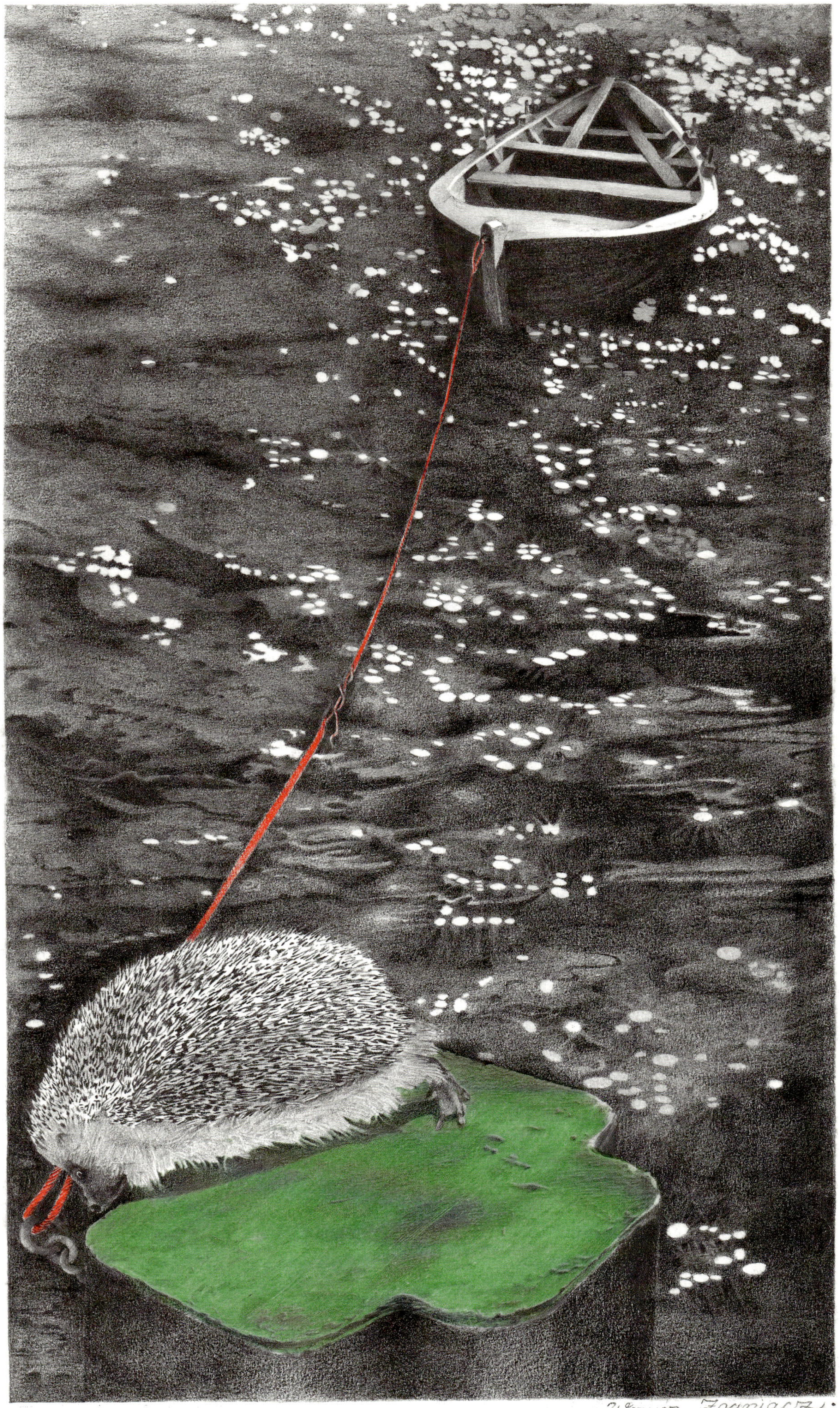

· Tender to Noahs Ark ·

·Werner Zganiacz·

Kulturfreundschaften gehen durch den Magen

Mit einem bösen Hintergedanken lade ich einen Interessenten, der unbedingt ein Original erwerben möchte, daß ich behalten will, ein, gemeinsam mit mir eine echte Kulturfreude zu genießen.

»Lassen Sie uns Schnecken speisen gehen,« sage ich.

Voller Bereitschaft ruft er: »So etwas wollte ich schon immer. Aber Sie wissen ja, in dem Kaff, aus dem ich stamme . . . also, ich habe keine Ahnung, wie man so etwas ißt.«

Der böse Gedanke nagt weiter in meiner Seele. Wir fahren zum Landhaus Dill an der Elbchaussee. Ich bestelle eine Flasche Ayala und ein Dutzend Schnecken. Beides kommt sofort. Er sagt: »Also, wie ißt man die Dinger?«

Ich bleibe entschlossen. »Nun«, sage ich, »Schnecken bestehen aus den knusprigen Schneckenhäusern und dem Zeug, das in den Gehäusen ist. Die Innereien löst man vorsichtig aus, das Gehäuse selbst wird zerkaut und dann geschluckt.«

Er folgt mir mit kindlicher Lernbegierde. Unbeholfen puhlt er die köstlich gewürzten Schnecken aus dem Gehäuse und zerknackt das leere Schneckenhaus langsam und nachdenklich.

Ich muß mich wegdrehen.

Als ich wieder hinsehe, ist er bereits beim sechsten Schneckengehäuse angelangt. Er knipst das rechte Auge zu und schnalzt weltmännisch mit der Ober- und Unterlippe gleichzeitig.

»Nun«, frage ich versonnen, »wie schmeckt es?«

»Eigenartig, ein bißchen staubig, kalkig würde ich fast sagen,« meint er, und schiebt sich das siebte Gehäuse in den Mund.

Ich verhalte mich abwartend.

Er ißt langsam und mit Genuß alle zwölf Schneckenhäuser auf. Es knackt grauenvoll, wenn er die Gehäuse zerbeißt.

»Satt wird man aber nicht davon«, sagt er.

Hastig antworte ich: »Plötzlich verspüre auch ich Hunger. Es ist zwar nicht fein, Reste zu essen, aber wenn Sie nichts dagegen haben, esse ich rasch die Überbleibsel?«

Er opponiert lau und will sogar den Kellner rufen.

»Lassen Sie nur«, sage ich, »ich bin gleich fertig.«

»Hoffentlich schadet ihnen das nicht«, meint er.

Jahre später treffen wir uns wieder.

Er hat immer noch keine Ahnung und schwelgt in Erinnerungen an gemeinsam genossenen Kulturfreuden im Landhaus Dill an der Elbchaussee. Das Original hat er bekommen.

· Wir freuen uns wahnsinnig auf die französische Küche ·

· Black and white are beautiful ·

Zwischen den Fronten

In meinem Hause leben mit mir eine Maus und ein Kater.

Der Kater hört auf den Namen Mikesch, das Mäuschen heißt Fuzi. Eines Tages kommt Fuzi ziemlich hastig zu mir getrippelt.

»Mikesch will eine Mäusefarm anlegen. Das ist unerhört! Das darf er nicht! Für wie blöde hält der mich? Schreite sofort dagegen ein!«

Wir finden Mikesch im Keller. Er ist gerade dabei, Firmenbriefbögen und Visitenkarten zu drucken.

»Mikesch, geschäftsführender Gesellschafter der Firma Mäusefarmservice GmbH.«

Fuzi überschlägt sich fast vor Wut. Sie flitzt durch den Keller und schreit: »Du Schleichpantoffel, ich kenne Deine wahren Gedanken.«

Mikesch bleibt cool.

»Alles nur neidisches Gepiepse. Mit geht es um den Fortschritt.«

Mäuseschlau fragt Fuzi: »Deine Belegschaft in der Mäusefarm besteht sicher nur aus Katzen?«

»Klar, nur einwandfrei geschultes Personal wird eingestellt.«

Zum ersten Mal melde ich mich zu Wort.

»Ich glaube, Fuzis Befürchtungen sind berechtigt. Eine Mäusefarm, die nur von Katzen gemanagt wird, ist ungewöhnlich. Mit Sicherheit wird sich das Gewerbeaufsichtsamt dafür interessieren und dann gibt es eine Menge Auflagen.

Mikesch betrachtet uns lange und versonnen.

»Ich bin ein Kater. Mir liegt das Gemeinwohl am Herzen. Ich klebe nicht an meinem Chefsessel. Helfen wollte ich. Ein wenig dazu beitragen, das Elend und den Hunger zu verkleinern. Besonders den Hunger.«

Fuzi ist gerührt.

»Mikesch, Du bist ein süßer Kater. Ich könnte Dich küssen!«

Beruhigt verlasse ich die beiden. Kaum hatte ich den Rücken gekehrt, schlägt Mikesch die Augen verschämt nieder und mauzt:

»Fuzi, was hälst Du davon, eine Katzenfarm zu eröffnen? Ich trete den Vorsitz in der Geschäftsleitung an Dich ab. Du bist intelligent, kreativ und besitzt Durchsetzungsvermögen. Außerdem kennst Du eine Menge anderer junger, fetter Mäuse, die alle in der Farm arbeiten könnten.«

Fuzi fühlt sich geschmeichelt. Sie spürt in sich die Fähigkeit, unternehmerisch tätig werden zu können. Natürlich würde sie das Delegieren von Verantwortung als Führungs- und Organisationsprinzip einführen. Es gäbe regelmäßige Mitarbeiterbesprechungen, Kritik, Anerkennung, Information, Kontrollen und Beschwerden als Führungsmittel – ja, so wollte sie die Firma leiten.

Tage später lese ich an meiner Kellertüre:

»Institut zur Aufzucht von Katzen, Sprecher des Vorstandes, Fuzi.«

Im Keller wimmelt es von kleinen, quietschenden Mäuschen, die alle von Fuzi eingestellt werden möchten.

Vor dem Keller liegt Mikesch auf der Lauer. Ich frage ihn argwöhnisch, was er im Sinn hat. Mikesch bleibt gelassen und mauzt. »Ich warte auf die Einweihungsfeier des Institutes« und dabei tropft es ihm aus dem Maul.

· Zwischen den Fronten ·

Von wegen Überflußgesellschaft:

Unsere Gesellschaft fühlt sich nicht verstanden. Sie hat:
»Entsetzlich viel zu tun, aber nichts zu arbeiten.«
»Es verlernt zuzuhören, wenn jemand spricht.«
»Gute Weine, aber schlaffe Kellner.«

Das Rad, das von dieser Gesellschaft gedreht wird, ist zu groß. Mit dem Aufwand, den wir heute treiben, um zum Beispiel einen Urlaub in Italien auszuleben, haben die Römer früher ihre kleineren Kriege finanziert und auch noch gewonnen.

Aber wo gibt es noch reine Freuden in unserer Gesellschaft? Wo sind die Glücksnischen?

Wo ist es nicht wichtig, zu wissen, welche Krawatte unmöglich ist und worüber man lacht, oder worüber schon wieder gelacht wird, wo man im Februar zu sein hat, wo im Dezember.

Einige von uns glauben, in der Kunst die irdische Seligkeit zu finden. Denn die Kunst, so haben viele ihrer besten Vertreter empfunden, kann heilende Kräfte freisetzen, kann dem Weltganzen etwas Liebe zufügen.

Leider sind im kunsttheoretischen Wettstreit die Bilder, Büsten ja, die Kunst wegdiskutiert worden.

Im menschlichen Zusammenleben hat die Gier gewonnen und nur ein Mäusepärchen ist auf meinem Blatt übriggeblieben.

Vielleicht, um e i n e neue Spezies auf unserem Planeten entstehen zu lassen, Lebewesen, die wissen, daß auf jede Aktion, streng nach den Naturgesetzen, eine Reaktion folgt.

Wir Künstler haben es nicht verstanden, genügend eigenartig zu sein. Übermäßige Ehrerbietung vor der abstrakten Wissenschaft, Kunsttheorie, vor den Professoren und Philosophen, hat uns vergessen lassen, daß wir nicht dazu da sind, die Wahrheit zu verstehen, sondern nur dazu, sie auszudrücken.

· The affluent society ·

VON WEGEN · ÜBERFLUSSGESELLSCHAFT

Ich – ein Snob bei der Beurteilung der modernen Kunst?

Motto: Es genügt nicht, keine Gedanken zu haben, man muß auch unfähig sein, sie auszudrücken.

Die klassische Moderne ist eine besonders lebendige Epoche der Kunst. Sie ist derartig lebendig, daß ich sie nicht verstehen könnte, wenn ich nicht Erklärungen dazu bekäme.

Zum Beispiel: Die klassische Moderne ist zwischen dem Bohème-Tanz und der gesellschaftlichen Erfüllung steckengeblieben, deshalb bedarf sie der Kunsttheorie. Ohne Theorie kein Verständnis. Jede neue Welle verlangt eine neue Sehweise, die der Rest der Welt – also alle, außer ein paar Leuten, mal wieder nicht kapieren.

Deshalb schreien alle Kunstbeflissenen: »Jawohl, wir verstehen das!«, damit sie auf Abstand zur großen Masse gehen können.

Wenn zum Beispiel B. J. Beuys, dessen Hingang ich sehr bedaure, er hat viel für den allgemeinen Humor in der Kunstszene getan, wenn also Beuys einen Flügel mit Schmierseife überzieht, sagt die Kunsttheorie sogleich:

»Hier handelt es sich um das typische surrealistische Prinzip des Depaysement.«

Also, die Textur des Materials Schmierseife wird der Form des Flügels aufgezwungen, um das Orale, das Taktile und das Visuelle in zwei kritisch verletzte, aber erstmals stürmisch selbständige Partien des Unbewußten aufzuspalten.

Klar?

Ist doch ganz einfach.

Eine besondere Auffassung von der modernen Kunst haben Konzerne und linksgeführte öffentliche Hände. Ihnen dient sie als Aushängeschild. So soll der Nachweis von Aufgeschlossenheit und Fortschritt erbracht werden. Was dabei herausschaut, ist oft häßlich.

Vielleicht sollte man der Kunst aber etwas tiefer auf den Grund gehen? Ich glaube, daß das Wahre und das Gute und das Schöne identisch sind. Übrigens, eine Kunsttheorie von Platon. Ganz ohne Theorien geht es wohl nicht. Aber versuchen wir es doch mal damit:

»Die Kunst ist dazu da, im Schönen das Gute zu offenbaren und den Betrachter zur Wahrheit zu führen.«

· Snobappeal ·

· anstrengende
Zgan
19

Mein Mops Quintus Antonius

Nicht schon wieder Obsttag

Mein Mops

ist ein Hund der Künstler. Ich bin von ihm abhängig, denn er sitzt mir Modell. Bekommt er nicht das geforderte Fressen, wackelt er absichtlich.

Quintus Antonius frißt alles, außer Hundekuchen, Hundeflocken, Schappi und Büchsenfleisch. Er liebt Koteletts und saftige Steaks. Ich auch. Aber Futterneid kennen wir nicht. Selbst bei Geflügel haben wir einen Kompromiß gefunden. Mein Mops bekommt die Schenkel und die Brust. Ich begnüge mich mit dem Abschlecken der Knochen. Quintus Antonius neigt zur Korpulenz.

Zu seinem Ärger verordne ich uns ab und zu einen Obsttag. Dann heult er immer sein Lieblingslied.

Sah ein Mops ein Würstchen liegen
Würstchen auf dem Teller
war so rund und tat sich biegen
sah es kurz und lief dann schneller
sah's und nahm es sich vom Teller
Möpslein, Möpslein, Möpslein schwarz
Möpslein aus dem Keller.

Möpslein bellte, ich fresse Dich
Würstchen auf dem Teller
Würstchen sprach, ich zwacke Dich
im Magen, daß Du denkst an mich
und ich will's nicht schneller
Möpslein, Möpslein, Möpslein schwarz
Möpslein aus dem Keller.

Und das wilde Möpslein fraß
s'Würstchen schnell vom Teller
Würstchen wehrte sich und zwackt
im Magen heftig, doch es sackt
in den Darm noch schneller
Möpslein, Möpslein, Möpslein schwarz
Möpslein aus dem Keller.

Ansonsten benimmt sich mein Mops wie ein Kapitalist. Er frißt gerne aus kostbaren Näpfen und bewacht meine Bilder, als gäbe es daneben nichts auf der Welt. Recht hat er. Er ist ein kluger Hund.

· Nicht schon wieder Obsttag ·

Titus, mein neuer Mops

Mein neuer Mops kann nachdenklich sein, den Boden fixieren und plötzlich, wie von einer Mücke gestochen, aufspringen.

Ich werde ins Grab sinken, ohne zu wissen, warum Titus sich dies plötzliche Aufspringen angewöhnt hat. Und während ich diese Zeilen schreibe, stehe ich auf und schaue nach, ob Titus aufgesprungen ist. Er ist.

Titus, man erkennt es am Namen, ist ein Hundemann. Alle Hundedamen fliegen ihm zu und, worum ich ihn besonders beneide, sie fliegen ihm auch wieder davon. Er hat einen geradezu aristokratischen Haß gegen schlecht gekleidete Menschen. Sofort bellt er. Er bellt, wenn jemand kommt, er bellt, wenn jemand geht, selbstverständlich bellt er auch zwischendurch. Wenn er keinen Anlaß hat, erbellt er sich einen.

Wenn meine Tochter Ina übt, am Klavier, okay, nicht so schlimm, obwohl ich gehörmäßig mitübe, oder wenn die Kinder der Nachbarn vor meinem Fenster hüpfen, weil sie müssen, aber keine Lust haben, auf die Toilette zu gehen, ich aber vor lauter Gehüpfe dort schon zweimal war, obwohl ich nicht einmal mußte, dann ist das alles harmlos. Wenn Titus bellt, in einer Tonlage, die irgendwo zwischen fis-Moll und as-Dur liegt, treibt es mir das Wasser in die Augen.

Sobald Titus Tränen sieht, hört er auf. Vor Rührung nehme ich ihn in den Arm. Das nimmt er mir übel oder faßt es falsch auf. Er spektakelt erneut los, weil er nicht gestreichelt werden will, und wenn ihn keiner streichelt, weil er gestreichelt werden will.

Junge Hunde sind wie kleine Kinder. Sie fühlen sich allein, auch wenn sie gar nicht alleine sind.

Allerdings gibt es doch einen großen Unterschied. Kleine Kinder weinen, junge Hunde bellen.

Ich muß Titus unbedingt das Weinen beibringen, damit das verdammte Gebelle aufhört. Aber lieber einen Mops, der bellt, als gar keinen.

· Titus – mein neuer Mops ·

Zganiacz 1986

Der Teufel, die Gewerkschaften und das Hauptbuch

Es ist schon eine Weile her, da traf ich Ernst Schmal, den Vorsitzenden der Gewerkschaften. Wir kamen ins Gespräch und plötzlich erzählte er folgende Geschichte:

»Im Gewerkschaftshaus fand ich den Teufel vor. Er hatte das Hauptbuch voller gefälschter Bilanzen bei sich. Spontan fielen mir Exorzismus und Austreibungen ein. Ich wollte ihn wieder loswerden. Weil aber der Teufel keine Geschäftigkeit erkennen ließ, deretwegen er sonst bekannt war, ließ ich ihn da, wo er war.

Ich dachte, wenn es ruhiger geworden ist, wenn keine Streiks anstehen, dann werde ich ihn fortjagen.

Natürlich hatte ich etwas Gewissensbisse, die ich gerne verscheuchen wollte. Ich dachte bei mir: Solange der Teufel bei den Gewerkschaften ist, kann er anderen, z. B. den Banken, nicht schaden. Diese Gedanken beruhigten mich ungemein. Also habe ich jahrelang ohne Argwohn den Teufel in der Gewerkschaft gelassen, konnte dabei gut schlafen und hatte auch keine Alpträume.

Der Teufel fragte mich nie etwas und ich fragte den Teufel nie etwas. Es galt die Maxime: – Ruhe um Ruhe –

Eines Tages visitierte die Aufsichtsbehörde, um die gemeinnützigen Aktivitäten der Gewerkschaften zu prüfen. Sie fanden alles in vorzüglichem Zustand. Besondere Fürsorge für die Manager wurde beispielhaft hingestellt.

Na, ja, nicht umsonst habe ich mich von früh bis spät gemüht und bei all der Arbeit auch fast den Teufel vergessen.

Plötzlich wollten die Herren der Aufsichtsbehörden auch in das Zimmer, in dem der Teufel saß. Du kannst Dir denken, wie sehr ich erschrak. Aber ablehnen konnte ich den Wunsch auch nicht. Vom nahen Ende überzeugt, des unvermeidbaren Skandals gewiß, den Teufel verfluchend, ließ ich die Herren in das Zimmer. Aber, wie groß war meine Überraschung, das Zimmer leer vorzufinden. Ich konnte einem Gefühl der Dankbarkeit gegenüber dem Teufel nicht widerstehen.

Leider hatte dieser das Hauptbuch auf dem Tisch liegen lassen. Natürlich wurde es entdeckt – und ich wurde sogleich mal wieder befragt. Da habe ich zur Notlüge gegriffen und gesagt: »Meine Herren, das ist eine Privatangelegenheit. Es handelt sich um ein tadellos geführtes Geschäftsbuch meines Neffen.« Die Herren der Aufsichtsbehörde haben voller Verständnis genickt und ihre Revision ohne jegliche Beanstandung beendet.

Kaum aber hatten sie uns verlassen, saß der Teufel schon wieder in der Gewerkschaft. Er nennt mich seitdem Onkel Erni.

Einmal hatte ich einen Dummen gefunden, dem habe ich für 1 D-Mark den Teufel verkauft, aber nach sechs Wochen mußten wir ihn wieder zurückkaufen.

Ich habe lange über dieses Gespräch nachgedacht und noch immer rätsele ich, wen Onkel Erni wohl mit dem Teufel gemeint haben könnte.

Das Hauptbuch
1986

Die Seuche

Als das Geld noch Gold war, gab es sie nicht. Später haben sie das Geld vom Gold getrennt und auf Papier gedruckt.

Seitdem wird das Geld von einer seltsamen Seuche beherrscht.

Diese Geldkrankheit ist ein periodisch wiederkehrender Beweis für die Tatsache, daß bedrucktes Papier bedrucktes Papier ist.

Ich beginne darum anzunehmen, daß die Seuche etwas mit der Regierung zu tun hat.

Immer wenn die Regierung das Geld verschlechtert, um alle Gläubiger zu betrügen, handelt es sich um diese Geldkrankheit.

Wir alle schreien nach Subventionen und weiteren Zugeständnissen des Staates. Die Finanzierung mit Hilfe dieses kranken Geldes ist aber ungerecht, wenngleich sehr beliebt.

Ein bißchen kann man so etwas auch nicht machen. Ein bißchen Seuche ist wie ein bißchen Schwangerschaft: Sie wächst immer weiter.

Man müßte also Alarm schlagen. Unsere Regierung weiß Bescheid. Sie verurteilt dieses von Krankheit befallene Geld. Aber gleichzeitig begehrt sie es auch.

So bleibt mir nur, selbst über Gegenmittel nachzusinnen.

Ich habe mich entschlossen, mein eigenes Geld zu machen.

Ich meine, meine Zeichnungen.

Von einer Inflation meiner Blätter habe ich noch nichts bemerkt.

Abschied oder Ankunft
Zganiacz
1987

Man wird sehen
von Gert Haucke

Ich hab das nicht kommen sehen. So nicht. Ein Luxus-Travel war ja nie geplant, das nicht.

Aber wir waren schließlich nicht die einzigen, die so einen Tripp erstens geplant und dann auch gemacht hatten. Quer durch den Pfälzer Wald: »Deutschlands größtes zusammenhängendes Waldgebiet.« Per pedes und auf Schusters Rappen. Ist doch schon fast snobby. Machen doch einige: Sänger, Künstler, Politiker. Imagepflege eben. Und wir hatten es eben gemacht, weil es wenig Kohle braucht dazu und weil wir gerade erlebt hatten, wie das ist, wenn die Post abgeht. Wenn man den anderen vermißt, jede Minute, die man ohne ihn ist. So erging mir das zum ersten Mal.

So ging mir das mit Dörte. Und ihr mit mir, das glaubt man doch nicht. Und da sind wir eben los.

Flitterwochen à la Villon. Ich war ja auch so wild nach ihrem Erdbeermund. Und daß alles in die Binsen ging, so richtig schön sukzessive, glaubt man doch auch nicht. Wetter kann man das gar nicht mehr nennen. Wassermusik. Natürlich mit Händel.

Das hält niemand durch auf Liebe, wenn alles, aber auch alles, naß ist. Anständige Hotels gab's auf der ganzen Route nicht. Aber Gasthöfe, verrammelt und verriegelt, im September?

Oder sie hatten sich was Besseres erwartet als so ein paar tropfende Rucksacktypen.

Jetzt klappern wir in so 'ner Waschküche 'rum. Oder Stall.

Vier kahle Wände an der Rückseite des Kachelofens vom Wohnzimmer nebenan.

Verwöhnt war'n wir nicht. Aber eine Wäscheleine und zwei kaputte Stühle als Inventar, da kommt Fremdheit auf. Wenn man sich nur auszieht, um die Klamotten zu trocknen, das schärft unnötig den Blick fürs Unwesentliche. Am besten, man guckt weg und wartet. Auf die getrocknete Unterhose, auf den ersten zarten Kick ins Wohlbefinden. Und dann vielleicht wieder.

Man wird sehen.

Waschtag bei den Piazzetta's

Zganiacz
1987

Caddie for matchplay

Aus ihren Augen lacht die Freude
auf ihren Lippen blüht die Lust
und unterm Caddiekleide
hebt Mut und Stolz und Drang die Brust

Beim Golfen, selbst in allen Lagen
um ihre Schultern Elfenbein
verrät ein Seitenblick beim Tragen
den schönen Wunsch, besiegt zu sein

Krisenstimmung

Seit geraumer Zeit mache ich mir Sorgen.

Die Leute befinden sich in einem gleichgültigen Zustand.

Sie pfeifen auf die Gefahr, auszusterben.

Ihr Mangel an Fortpflanzungszuversicht ist bedauerlich. Statt dessen beschäftigen sie sich mit Geld, Golf und anderen Lustbarkeiten. Sie sind egoistisch und langweilig, Eigenschaften, die im Bett nur schwer erotische Stimmungen aufkommen lassen. Außerdem sind die Leute schlecht aufgeklärt und sie stecken voller Aberglauben. Einerseits haben sie genug vom Irrationalen, andererseits machen sie sich Gedanken, wie unsere Erde wohl aussehen würde, wäre sie nicht kugelförmig, sondern umgekehrt.

Ich finde Aussterben furchtbar.

Früher hat es doch geklappt.

Jemand hat empfohlen, einfach mehr Kinder in die Welt zu setzen, bevor es zu spät ist.

Nur ein gesammeltes Gesicht zu machen, sich nicht zu trauen und unschlüssig zu bleiben, reicht nicht.

Vielleicht sollten wir auf den Frühling warten, auch wenn ich befürchte, daß es für die meisten Leute der zweite Frühling ist. Aber, wer weiß, vielleicht zeigen es die Alten den Jungen.

· Geld, Golf und andere Lustbarkeiten ·

1
HOLE IN ONE
1987

Werner Zganiacz

Zärtliche Pause

Manchmal, kurz vor dem Regen, wenn die Luft bleischwer wird, wenn mir nichts einfällt, das es Wert wäre, auf dem Papier festgehalten zu werden, wenn keiner etwas von mir will, wenn das Telefon nicht ruft und im Fernsehen nur das Echo des Urknalls rauscht, wenn also das Leben um mich herum pausiert – dann gehe ich auf den Golfplatz.

Hier ist es still. Es ist eine Stille, die es nur vor dem Regen gibt. Gräser stehen regungslos und warten. Auch ich warte, stehe regungslos und horche in mich hinein. Meine Augen begegnen einer Biene. Sie sieht mich an. Einen Flügel läßt sie hängen. Sie wartet, als ob sie erfahren wollte, worauf sie wartet. Die Pusteblume wartet. Die Blätter an den Bäumen warten, die Blumen, Gräser, alle warten regungslos, berührt von einem seltsamen Zauber.

Jetzt wirken die Gräser wie offene Mäuler. Ein Halm hat sich leise bewegt. Er neigt sich, als ob er sich schämen würde, und steht dann wieder still, ganz still.

Ein Regentropfen näßt meine Stirne. Ein zweiter, es beginnt zu regnen. Die Biene schwirrt davon. Die Gräser recken sich. Der Regen klatscht auf die Blätter.

Wasser läuft mir in den Nacken. Ich laufe zurück. Suche Schutz unter einem Baum. Benutze meinen Schirm.

Der zärtliche Zauber vor dem Regen löst sich auf.

Die Pause ist beendet.

Zganiacz
1987
1987
zärtliche
Nachbarschaften

Die Suche nach der Puttlinie

Mein Freund Ditmar ist ehrgeizig und ehrlich. Er will es wissen. Aber, woran soll er glauben? Er, ein echter Golfer.

So vieles von dem, was er erlernt hat, wird im Spiel fragwürdig oder hinfällig.

Schon auf einer Runde mit seinem Homepro kommt es zu keiner geordneten Diskussion. Schüler und Lehrer sind dauernd getrennt. Die Bälle des Pros liegen hauptsächlich in der Wildnis. Es will sich kein Besitzverhältnis zum eigenen Ball einstellen.

Isolierte Aufschreie gibt es natürlich, Monologe erklingen, aber eine Linie gibt es nicht, auch nicht die Puttlinie. Mein Freund Ditmar erachtet nichts als gegeben, bezweifelt alles. Sein Leitspruch: »Ohne Fleiß keinen Preis.“ Er haßt Anfänger, die die sofortige Platzreife verlangen, und in dem Glauben leben, mit gewaltigen Schlägen gewaltige Weiten erzielen zu können. Die Gestalt meines Freundes ähnelt der einer Topfpflanze, gewissermaßen eines deutschen Bonsai. Dennoch macht er immer gute, lange Schläge, auch dann, wenn er nicht allein spielt.

Hookfreaks, also Spieler, die die rechte Spielbahn vernachlässigen, bzw. Spieler, die sich zieren, überhaupt das Fairway zu benutzen und statt dessen im Rough rumhacken, sind ihm ein echter Greuel. Und so kann es nicht wundernehmen, daß unter allen Golfern, die ich kenne, er der krisenbewußteste ist.

Dennoch, für seinen Sport tut er alles. In alles Neue und Teure ist er vernarrt. Brandneu ist seine Begeisterung für die Trockenkurse.

Seitdem knetet er Tennis-, nicht Golfbälle, zerknüllt Zeitungen, ohne sie vorher gelesen zu haben, malträtiert Autoreifen, und vergißt, sie bei Wiederverwendung erneuern zu lassen.

»Bleib zu lang«, sagt Ditmar zu sich selbst (er duzt sich, weil er sich schon so lange kennt.) »in keinem Fall zu kurz«. Ja, das ist es! Und ich dachte immer, der Ball soll ins Loch.

· Die Suche nach der Puttlinie ·

Ginty mit Möpschen

Die Sonne stand am Firmament
Ein Schmetterling, der zirpste
Ein Golfer mit 'nem Ginty flennt
Daß er sie ernsthaft liebte.

Sie sah auf seinen nackten Hals
Und still auf ihre Brüste
Da war's dem armen Mädchen – als
Ob Gott ihm helfen müßte.

Der Schmetterling – ganz schön – behend
Er krabbelt ohne Bögen
Da sagt der Golfer konsequent
Er hätte auch Vermögen.

Das Mädchen überschlug gequält
Und zum Entschluß getrieben
Was alles ihr, die Zinsen mitgezählt
Am Jahresschluß verblieben.

Ihr war's als ob ihr seine Hand
Den Weg zur Heimat wiese
Sie seufzt errötend: Ferdinand
Er flüsterte: Luise!

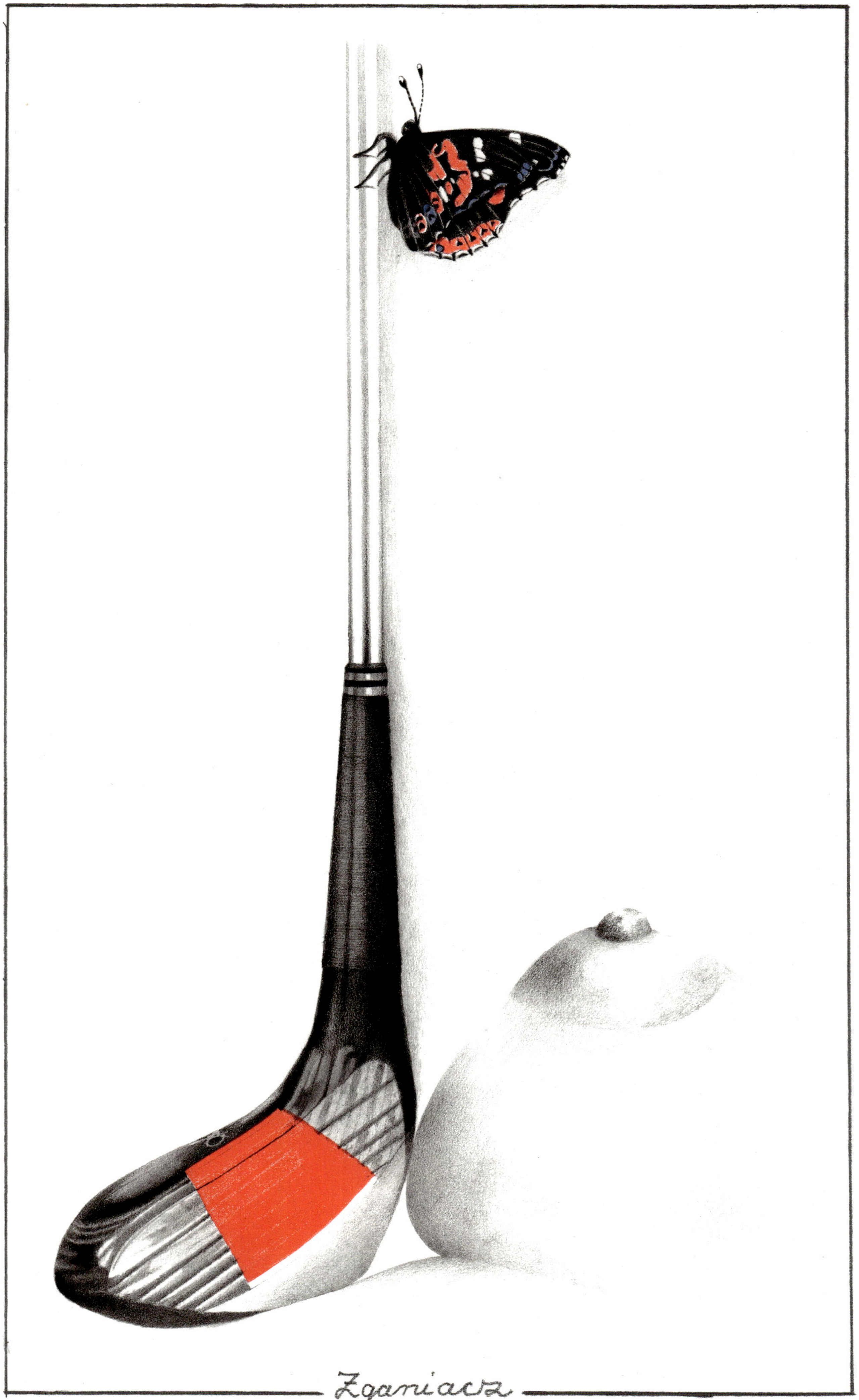

· Ginty mit Möpschen ·

1
VERLAUFEN
1987
Zganiacz

Versuch einer Aufnahme in einen Traditionsclub

Ich trete als Bewerber in das Sekretariat und hüstele. Der Präsident sitzt hinter dem Schreibtisch. »Guten Tag«, sage ich, »Herr Präsident«, sage ich auch noch, ganz schnell hinterher. »Was wollen Sie?«, fragt der Präsident nicht weniger höflich. »Sehen Sie, ich möchte Golfspielen lernen«, bringe ich hervor. Der Präsident sieht mich verständnislos an. Endlich sagt er: »Was wollen Sie – Golfspielen lernen – hier?« Mir fällt nichts ein. Dem Präsident auch nicht.

»Ich, erlauben Sie bitte, . . . also, ich bin wegen der Bewerbung um die Mitgliedschaft gekommen.«

»Wegen welcher Mitgliedschaft?«

»Für mich«

»Für Sie? – Können Sie denn Golfspielen?«

»Ich? . . . eigentlich wollte . . .«

Der Präsident zieht die Augenbrauen runter. Das sieht düster aus.

»In welchem Golfclub haben Sie Golfen gelernt?« fragt er mich betont sachlich.

»Ich habe es nicht in einem Club gelernt, ich . . .« Mir fehlen die erklärenden Worte. »Eigentlich möchte ich nur in einen Golfclub.«

»Also, wo haben Sie es gelernt«, drängelt der Präsident.

»Aber ich sagte doch, im faktischen Sinne . . .«

»Nun sehen Sie, lieber Mann«, die Stimme des Präsidenten trieft, »Leute ohne Club haben keine Spielberechtigung. Ihr Handicap kann nicht rauf oder runtergesetzt werden, von Turnieren bleiben sie ausgeschlossen!«

»Ja,« rufe ich eifrig, »genau deswegen möchte ich ja in diesen Club!«

Der Präsident bleibt entschlossen. Ruhig fragt er: »Können Sie Golfen?«

Ich versuche es anders. »Ich habe ein festes Gehalt«, sage ich aufrichtig.

Es war bewunderungswürdig, wie gelassen der Präsident antwortet: »Sehen Sie«, sagt er, »wir zahlen Gehälter, wir suchen nicht Gehälter, an denen Leute hängen!«

»Soll das heißen, Sie lehnen meine Bewerbung ab?«

»Ja,« sagt er schlicht.

»Auf Wiedersehen,« sage ich.

»Ist gut!« sagt der Präsident, »Aber bleiben Sie bescheiden. Wenn Sie unbedingt Golfen wollen, fangen Sie klein an. Beginnen Sie mit Minigolf.«

Da habe ich mir die Kleider vom Leibe gerissen und bin auf den Golfplatz gerannt.

Als erstes ist mir ein Flaggenstock begegnet. Den habe ich aus dem Golfloch gerissen. Das tat gut.

Selbstbildnis
(verfälscht)

Mein Caddie

Hugo von Hofmannsthal (verfälscht)

Als Caddie stand ich so im Frühlingsglänzen
und meinte aufzuschweben in das All,
unendlich Sehnen über alle Grenzen
durchwehte mich in ahnungsvollem Schwall!
Und Wanderzeiten kamen, rauchumfangen!
Da leuchtete manchmal die ganze Welt,
und Rosen glühten, und die Glocken klangen
von fremdem Lichte jubelnd und erhellt;
Wie waren da lebendig alle Dinge
dem liebenden Erfassen nah gerückt,
wie fühlt' ich mich beseelt und tief entzückt,
ein lebend Glied im großen Lebensringe!
Da ahnte ich, durch mein Herz auch geleitet,
den Liebesstrom, der alle Herzen nährt,
und ein Genügen hielt mein Ich geweitet,
das heute kaum mir noch den Traum verklärt.

· Der Caddie des Piazzetta ·

Volltreffer

Ich schlage mit bewegtem Sinn,
Den Golfball locker vor mich hin.

Schrill und gehässig schreit ein Mann.
Was ist's? Was hab' ich ihm getan?

Die Bahn ist schmal, Paar 5 ist weit,
Was soll's, daß er so gellend schreit?

Ich werfe stolz den Kopf zurück,
Bei Gott, es ist ein starkes Stück.

Ihr Beine wandelt so geschwind!
Wie zahlreich noch die Löcher sind.

Die letzten liegen zwar sehr dicht,
Doch schließlich – mich geniert es nicht.

Mein Golf, es steht in Gottes Hut,
Er wird schon wissen, was er tut.

Und überhaupt: Die Welt ist gut.
Er hat sein Möglichstes getan,
Und doch: Was schreit nur dieser Mann?

IGEL
TRIFFT
EAGLE

nach

Wenn der Score baden geht

Das Streben nach der Vollkommenheit meines Spieles hat mich erschöpft.

Mein Gesicht trägt die Spuren einer vollen 18-Loch-Runde. Mein Score hatte die Hundert überschritten. Leider habe ich vor geraumer Zeit geschworen, nie wieder über 100 Schläge pro Runde zu spielen. Andernfalls . . .

Jawohl, ich wollte meinem Leben ein Ende setzen, heute, jetzt gleich.

Ich warte, ob meine innere Stimme keine Einwände erheben wird. Ich habe keine feststehende Methode, zu warten, aber ich kann starrköpfig sein. Zum Beispiel benutze ich manchmal extra im August schon die Wintergreens, nur, damit mein Wille vorgeht. Der Sommer hat danach zu kommen.

Ein junger Golfer, ein etwas arroganter Jüngling, der von der Aufnahme in die erste Mannschaft träumt, kommt des Weges.

Ich erzähle ihm von meinem Entschluß.

Er macht ein bewegtes Gesicht. Es sieht aus, als ob es ihn verlassen will.

Überraschend rät er mir zu und meint, daß meine ganze Golfausrüstung zu luxuriös sei und deshalb wirke ich auch immer so fehl am Platz.

Eigentlich will ich ihm eine Handvoll zurückgeben, aber spontan erinnere ich mich an meine christliche Erziehung, Stichwort: Nächstenliebe.

Dann blitzt etwas in meinem verdüsterten Geist auf, das in seiner Helligkeit an die vergoldete Spitze des Hamburger Michels bei Sonnenuntergang erinnert.

Wie kann ich mein Leben behalten und trotzdem nicht meinem Schwur untreu werden?

Plötzlich kommt es mir: Klar, Netto vor Brutto. Wer sagt es denn. Bei meinem Handicap!

· Der Score geht baden ·

Zganiacz

Die einstelligen Golfer

Sie sind, wie immer auf der Runde. Natürlich kommen sie mit wundervollen Scores zurück.

Als Diven einer ganzen Schicht unverstandener Golfer (was viel ist) und sich selbst (was nicht allzuviel besagt) schreiten sie durchs Clubhaus. Sie stellen sich dar, ihr Rollenbuch ist die Golfetikette des Royal and Ancient Golf Club of St. Andrews. Ihr Lieblingssatz lautet: »Ach, was sind wir heute wieder furchtbar berühmt.«

Und dann gackern, stolzieren und hopsen sie im Clubhaus herum, wenn sie von ihren Schlägen berichten.

Ihr Verhältnis zu normalen Handicap-Spielern ist schlecht. Sie leben in einer anderen Welt. Wir werden von ihnen von oben herab angesehen. Außerhalb des Golfplatzes werden wir von ihnen überhaupt nicht angesehen. Sie befleißigen sich einer grundsätzlichen Verachtung, denn sie sind einstellig, wir aber sind Hacker.

Selbst im Privatleben bleiben sie einstellig, z. B. auf ihrem Konto, auch vor dem Komma.

Natürlich sind sie immer allein. Ein kaum wahrnehmbarer Schleier von Irrsinn liegt über ihnen.

Sie haben es nicht gerne, wenn gewöhnliche Greenfeespieler ihren Platz bespielen.

Sie haben so ziemlich alles erreicht, was ein Golfspieler erreichen kann. Vom Clubpräsidenten werden sie zuvorkommend und vertraulich gegrüßt. Sie haben zu jeder Zeit Spielberechtigung, selbst am Damentag. Nur die Sondertoilette bleibt ihnen versagt.

Einstellige haben ganz andere Sachen im Kopf, als wir normalen Spieler denken.

Vor allem denken sie nicht an uns normale Spieler, wie vielleicht der normale Spieler annimmt.

Unsere Einstelligen stehen nicht im Schatten. Glanz und Sonne auf ihre lackierten Scheitel.

· Ich bin einstellig ·

Birdietime

Ich warte. Ich warte seit geraumer Zeit. Ich warte auf meinen Freund Josti. Langsam beginnen meine Gedanken zu sieden.

Wo bleibt der Mensch nur?

Hölle und Teufel, jetzt könnte er aber wirklich da sein. Ich darf mich nicht aufregen. Aufregung schadet meinem Golf. Ich werde heute eine Superrunde spielen – vielleicht mit einem Birdie. Übrigens, wenn er bis 5 Minuten nach Viertel nicht da ist – spiele ich mit einem anderen.

Vor mir schlägt schon das dritte Team ab, obwohl eigentlich ich dran wäre. Alles Greenfeespieler. Einer wird gleich von zwei Caddies unter die Arme gefaßt und wie ein Erzbischof zum Abschlag geführt.

Ich werde unruhig.

Es ist jetzt zehn Minuten nach viertel und von meinem Freund Josti ist noch nicht einmal die Mütze zu sehen.

Also, noch fünf Minuten.

Ich verkrampfe. Vor meinen Augen wird schon wieder abgeschlagen. Immer noch Greenfeespieler. Gezwungenermaßen höre ich ihre Gespräche. »Ohne Schal willst Du spielen? Du wirst Dich erkälten. Dann mußt Du zum Arzt. Der macht Röntgenaufnahmen von Dir. Sehr hübsche. Ganz dunkel, mit hellen Knochen.«

Da – es reißt mich herum. Josti ist da! Ich stürze ihm entgegen. Ich bleibe stehen.

Er hat drei weitere Spieler mitgebracht.

Wir sind uns einig, daß wir nicht zu Fünft spielen dürfen.

Niemand kommt auf die Idee, einen Zweier und einen Dreier zu bilden. Alle sind freundlich zu mir. Sie begrüßen meinen Verzicht. Ich hatte gar nichts gesagt.

· Birdietime ·

Späte Zeit als Golfrevoluzzer

In meinem Golfbag steckt der Putter vorne, die Hölzer hinten und die Eisen dazwischen. Bis mir das langweilig wurde. Ich steckte den Putter nach hinten, und die Hölzer nach vorne. Eine Weile spürte ich die belebende Wirkung des Neuen. Doch geraume Zeit später – wieder diese Langeweile. Ich dachte nach und kam zu der Erkenntnis, daß es die Eisen sein mußten. Ihre mittlere Lage in meinem Golfbag trieben mich in die Langeweile. Ich beschloß, meinen Bag grundlegend neu zu ordnen. Der Putter kam in die Mitte, die Eisen an den Rand. Das erneute Neue belebte mich sofort, obwohl ich jetzt immer den Putter suchen mußte. Nach einer erneuten Weile, hörte das Neue auf, neu zu sein. Ich packte die Hölzer in die Mittellage, denn da hatten sie noch nie gesteckt. Was für eine radikale Änderung, das war mehr als nonkonformistisch, das war eine avantgardistische Änderung in meinem Bag. Es klingt zwar unglaubwürdig, aber es dauerte nicht lange, und schon wieder wurde mir die Anordnung der Schläger in meinem Bag langweilig. Ich brauchte einen Durchbruch. Das war mir klar. Etwas Revolutionäres mußte ich unternehmen.

Ich beschloß, nur noch mit dem Putter abzuschlagen. Jeder, der einmal mit dem Putter abgeschlagen hat, weiß, daß es nicht unbedingt das Gelbe vom Ei ist. Mir wurde nicht mehr langweilig, denn meine Bälle blieben extrem kurz, landeten überall, nur nicht auf der Spielbahn, kurz, ich gewann kein Turnier mehr und mußte dauernd Drinks bezahlen, weil ich eine »Dame« nach der anderen schoß. Das schmerzte sehr. Je länger es anhielt, desto stärker wurden die Schmerzen. Außerdem kann ich schlecht verlieren. Einzig und allein blieb mir das Glücksgefühl, daß ich nun keine Langeweile mehr hatte. Nie mehr. Alles wäre himmlisch gewesen, hätte ich nur ein stärker ausgebildetes Durchhaltevermögen.

Eines Tages, als Rainer, Helwig und Rolli am Abschlag standen, habe ich doch wieder ein Holz genommen – und getroffen. Daraufhin habe ich den Putter in meinem Golfbag wieder nach vorne gesteckt, die Hölzer nach hinten und die Eisen dazwischen. Wenn die Langeweile mir zusetzt, denke ich an meine späte Zeit als Golfrevoluzzer.

1984

Nachwort

Ich sammle Kritiken über ihn, Plakate, Einladungen zu Vernissagen. Ich sammle auch Bilder von ihm. Originale und zahlreiche Lithographien.

»Man kann nicht früh genug damit anfangen«, verriet mir ein Kenner, schon vor Jahren.

Vor allem bin ich hinter Kritiken her.

Ein New Yorker Kritiker bezeichnete sein zeichnerisches Talent, den Zeitgeist kritisch zu entlarven, als »scharfsichtig« »penetrating«. Das gefällt mir.

»Zganiacz – un vrai romantique« lautet die Überschrift einer großen französischen Tageszeitung.

Das gefällt mir nicht.

Unter Freunden gesagt: ich lasse bei Zganiacz allenfalls ein paar Romantizismen gelten: daß er beispielsweise Chopin liebt, von Pogorelich gespielt, daß er andächtig und verklärt seiner Tochter Ina lauscht, wenn diese über Molekularstrukturen in der Gen-Technik spricht . . . alles richtig. Aber als Zeichner ein Romantiker?

Was er an Zärtlichkeiten auf das Blatt zaubert, Blumen, Gräser, Blüten, Zweige, hat, je länger, je tiefer man es betrachtet, Stacheln, Widerhaken, Dornen.

Und erst die treuherzigen Augen seiner Möpse, ach du lieber Gott: glauben Sie etwa im Ernst, das wären wirklich Hunde? Sehen Sie doch einmal genau hin! Jawohl, richtig! Das sind Sie, Sie selbst, Sie und ich. Wir.

Uns meint er, wenn er Hunde sagt, respektive zeichnet. Hunde oder Frösche, Hasen oder Igel . . .

Nicht Zganiacz ist Romantiker, wir sind es, wenn wir so einfältig sind, wie dieser Franzose, nur die Oberfläche zu sehen, hinter der er sich verbirgt mit einem ironischen Lächeln. Das ist es nämlich: Zganiacz' Striche lächeln. –

Heiner Flaig

· Selbstbildnis (unverfälscht) ·

Inhaltsverzeichnis der Bilder

· Ich glaube, ich werde Playing-Pro ·

Werner Zganiacz 1985

Werner Zganiacz über
Geld, Golf und andere Lustbarkeiten

Verlag: Hans Christians, Hamburg
Offset-Lithographien: Carl Kruse, Norderstedt
Druck, Satz und Buchbindung: Hans Christians, Hamburg
ISBN 3-7672-9999-2